詩集

plan《プラン》14

野村喜和夫

Nomura Kiwao

本阿弥書店

plan14

目次

装幀　伊勢功治
カバー表紙：陶作品　板橋廣美

plan14

命名論

秋はどこもすてきだが
とびきり荒涼とした土地の
道なき道を旅している私なのだ
私と私の影なのだ
やがて旅のクライマックスにさしかかる
それは名無しの街道
と私の影が興奮気味に指さす方に
たしかにひとすじの道が
まるで皮膚のうえの傷痕の盛り上がりのように
目路のはるか彼方まで延々とつづいている
ところどころには大地と同じ朽ち葉色の
家のかたまりもみえて

ヤホーだがその街道に
名前がないのだという

「えっ、名前がなくて不便じゃないの？」と私
「じゃあ、名前があると便利なのかい？」と私の影

疑問を交わし合ったまま
私たちは街道に辿り着く
すると名前のないそこを
ふつうに草が生え
人や車が往来している
家のかたまりに入ってゆくと
子供はアイスクリームを舐め
おお娼館らしき構えさえみえるではないか
ヴィーナスよゆったりと重たげな性よ
血と乳と分泌にみちた
多数多様のやわらかな漏刻よ

だが内部には毛深い声がうずくまっていて
ゆっくりとつぎのように言う

「私たちのこの街道に名前がないのは
この街道のほかに街道というものがないからです
だってそうでしょう
これとあれとを区別するために
名前というのはあるのに
私たちのこの街道に名前がないのは
この街道のほかに街道というものがないからです
だってそうでしょう」

おやおや繰り返しだ
聞いているうちにも数世紀は
過ぎていくかのようだ
ともかくもクライマックスなので
私たち写真を撮りまくりはしゃごうと思う

しかしカメラがこわれているのか
うまくシャッターが押せない
どうやら私たちこの名無しの街道を
言葉で記録するしかないらしい
どうしよう
ましてや日没のまぎわの
恐るべき静けさときたら
恐るべき静けさ恐るべき静けさ恐るべき静けさ
という言葉が
微量な砂のようにたまるばかり
立ちつくす私の影は
この街道そのもののように長く伸びて
そうだ私の影にも名前はないのだ
と気づく私なのだ

反復論

朝は起きて
女がさきに起きて
さがしもとめたのでもない光ぼうぼうと
女のからだにまとわりつき
そのまま一緒に
階下へとなだれてゆく

朝は起きて
私がさきに起きて
さがしもとめたのでもない光ぼうぼうと
私のからだにまとわりつき
それを振り払いながら

身のまわりの混沌を泳ぐ

朝は起きて
その起きる姿勢を
さがしもとめたのでもない光ぼうぼうと
つらぬき染めぬき
それからようやく
私と女とのかたちに分かれる

朝は起きて
女がさきに起きて
私がそれを追い
ふたりして階下になだれる
さがしもとめたのでもない光ぼうぼうと
まぶしくて未来が読めない

朝は起きて

私がさきに起きて
女がそれを追い
ベッドに残される幼虫のような何か
さがしもとめたのでもない光ぼうぼうと
その何かを覆い包む

朝は起きて
その起きる姿勢から
私や女のみた夢が揮発してゆく
さがしもとめたのでもない光ぼうぼうと
やるせない私たちの四肢に
絡みつき離れない

朝は起きて
奇跡のように
私と女のみた夢が重なっていたらしい
さがしもとめたのでもない光ぼうぼうと

カーテンから洩れて
その重なりを消してしまう

朝は起きて
私と女とが同時に起きて
さがしもとめたのでもない光ぼうぼうと
きょうは何の日だっけ
そうかきょうは別れの日
という確認のへりにハレーションをもたらす

朝は起きて
さがしもとめたのでもない光ぼうぼうと
コーヒーの湯気にまじり
女あるいは私が何も言わずに出てゆくと
残された私あるいは女が

手で顔を覆って泣く

朝は起きて
さがしもとめたのでもない光ぼうぼうと
無人のベッドを浮かび上がらせ
寝乱れたシーツの襞に沿って
影がくっきりと濃い
そこだけ生のゆたかな証のように

朝は起きて
無限に繰り返し起きて
さがしもとめたのでもない光ぼうぼうと
無限に繰り返したちこめ
それからもう何も
無限に繰り返し生じない

語彙論

あいうえお順に
愛って
立ち上がるあらゆる諾《ハイ》だよね
その快活が
灰になるまで

キスって
好きな隙へ唇を寄せ
塞ぐ行為

言葉って
ことがらの端のそよぎ

あるいは
理《ことわり》という名の賭場

桜って
ほらよくいうでしょ
あれは根方に埋められた死者から咲き出た
錯乱なんだって

テレビって
これはかんたん
情報のくびれて
判断のしびれて
だがかろうじて窓であれ

波って
寄せ来る何の
悩み？

闇？

光って
波動としてはひかひか
粒子としてはひりひり
という感じかな

不安って
私が私で終わることの
魅みたいな庵
あるいは腑のない思案みたいな
だからとても
飛散しやすい

秘密って
ずばり
内奥の密なる緋の小えび

夢って
ひとりでにひきしぼられる欲望の弓だけれど
またそこから放たれる
ゆゆしき眼かも

最後に
わたしって
種子
きみのためふらふらになって
あるいは無へと渡された
腸《わた》たわわな死

統辞論

逃げた？
いいえ
いま逃げた？
いいえここに
いま飛んで逃げた？
いいえここにずっと
いま飛んで逃げた閃光のように？
いいえ私はここにずっと
目の前をいま飛んで逃げた閃光のように？

ランボーを5行飛びこす恋猫や
寺山修司

いいえ私はここに丸まってずっと
目の前をいま飛んで逃げた黒い閃光のように？
いいえ寒いし私はここに丸まってずっと
目の前をいま猫が飛んで逃げた黒い閃光のように？
いいえ寒いし私はここに丸まってずっと胎の者のように
目の前をいま黒い猫が飛んで逃げた黒い閃光のように？
いいえ寒いし私はここに丸まってずっとまだ胎の者のように
でも猫が？
いいえ
猫だからいきなり？
いいえ私だから寒いし
でも猫が？
いいえ胎の者のように
猫の恋が？
いいえ胎の者の夢のように
猫の恋がいま？
いいえずっと胎の者の夢のように

猫の恋がいまランボーを？
いいえずっと胎の者の夢のように私は
猫の恋がいまランボーを5行も？
いいえずっと胎の者の夢のように私は5行も
猫の恋がいまランボーを5行も飛びこした？
いいえずっと胎の者の夢のように私は5行も逃がした
でもいま？
いいえ
いまここに？
いいえ飛んで
いまここに丸まって？
いいえ飛んで言葉が
いまここに丸まってずっと？
いいえ飛んで言葉が猫のように
猫がいまここに丸まってずっと？
いいえ飛んで言葉が猫のように向こうへ
猫がいまここに丸まってずっと黒い？

いいえ飛んで言葉が逃げた猫のように向こうへ
猫がいまここに丸まってずっとぬばたまのように黒い？
いいえ寒いし飛んで言葉の閃光が逃げた猫のように向こうへ
でも黒い？
いいえ
黒い猫のように？
いいえ閃光が
猫だからいきなり？
いいえ黒い閃光が
いきなり理由もなく？
いいえ私だから寒いし

意味論

わたくしはけさ
起き上がり
肺胞きりり
外に出て
伸び
樹を包み
祖を接ぎ
石を脱ぎ
風をいたみ
すいと
また内へへこんで
妻を詰め

字を喰らい
骨を寿ぎ
灰を秘め
血を荒み
ようやく仕事を
ひとつ蹴り
ふたつ蹴られるうちに
まるごと
中空にのめって
否を浴び
地誌を割り
旗を病ませ
童を注ぎ
母を分け
うまたわけ
うしたわけ
とりたわけ

いぬたわけ
おお不可触
欲情のキスをどこにするのか
いのちはただ
何かに遅延し
絶縁し
その何かののち
すべりこむ
たった二筋か三筋の
アクメ
とはいえ
息をあまし
唖をくるみ
涙を外し
灰を外し
さらに灰を外し
もしかしたらいまが最高

寝て寝て
覚醒までの
長い長い塀
無伴奏
唐草パルティータ
穂を鎮め
穂を結び
起き上がり
ひかり
伸び
さらに伸び
肺胞きりり
青空をみていました

音調論

若水を
ししむらへまた
ししむらへ　初空の
深みより来い
大沈黙
雪つもる
そつとこのまま
他界まで
大寒や
筋トレ励む
また励む　冬の雲
載せ送電線よ

びゅんと鳴れ
スクリーンから
乳房こぼれて
寒椿
雪崩れては
夢奥けぶる　やはな崖
雛たちの
まなこ開きて
家静か　冴えかへる
一万キロさきの
テロの報
ちりちりと
粉の気象へ
復活祭
朧月
はづむ口辺
筋肉よ　わが性愛は

ぬぷたぷぬぷたぷ
春の泥
ものの芽も
地の吹き出もの
かもしれぬ　骨灰が
生まれ変つて
桜ドバッ
まぶたから　春昼入り
骨溶かす
裏庭に
光渦巻く
遅日かな
墓地買へと
受話器のむかう
青あらし　梅雨寒の
暗きから暗きへ
貘送る

情交の
布団へこます
五月闇　胎内で
みた月おもふ
半夏生
虹立ちて
時間よ止まれ　大臨海
鯛と
携帯のプルル
同調す
朝ぐもり
けふ逝く人も
暑からう　片かげり
すすむししむら
静かです

空の奥
去年の花火が
まだ消えぬ

犬の舌の
薄きに驚く
残暑かな

稲びかり
情交終へて　立ち上がる

路地奥に　救急車あり
休暇果つ

木犀や
追憶はみな　甘美なり

人は手が
いちばん不思議

そぞろ寒　秋刀魚はや
眼に届き眼を
突き抜けて　まだともう

あはひをすすむ
陽根の伸び
女陰ほろろ

草もみぢ　小春日に

短日に
おばあさん　舞へや舞へ
並ぶ九百人の

枯れ葉も土も
ひとも無も
冬ざれに
犬のいばりの
輝けり

修辞論

ある日突然
言葉はやってきたのだ
教室の窓の向こうの　どこか空の奥のほうから
教室のなかの
きみたちへと

それは突然やってくる
と裕未さんも書く
からだじゅうに地鳴りが轟き
堤防が壊され　一気に泥水が押し寄せてくる
えっ　それって
下痢のこと？

ダイナミックだなあ

透きとおる青いじゅうたん
波が打ち寄せるごとに新しいじゅうたんがかさなっていく
と美紀さんは書く
私の心のページも一日一日重なっていく
深く深く宝物を埋めるように
うん　きれいだね
でもその宝物を
誰かがいつかあばきに来るんだよね

「らしく」いこうよ
と仁美さんは書く
石はどこに蹴られても　石でしかないように
自分はどこに蹴られても　自分でしかないんだから
わかるけど
自分でしかないというのも

どこかさみしいなあ

水たまり
時には鏡になって私を映す
と晃奈さんは書く
時には画用紙になって空を　鳥を　雲を描く
ついでにさあ
いつまでも鳥をそこに閉じ込めておくことができたら
とは思わない？

早朝の霧のなかで深く深呼吸すると
からだに染みわたる光になるように
と香織さんは書く
しあわせのもとはこうして
私たちのところに来るのです
そして私たちのところから
だらけた昼のどこかへと　音もなく去ってゆく

なんてことには
ならないよね

えっ　ずるい？
ぼくも書かなければだめ？

ある日突然
と最後にぼくが書く
言葉はやってきたのだ
きみたちの背後の空から　きみたちの脈拍に乗って
ぼくに届き　ぼくを突き抜け
ふたたび空のほうへ
まるで光のような速さで
まるで光のような速さで

構成論

（私は25歳）

先日古いノートをひっくり返していたら、とある詩の草稿をみつけた。どこにも発表した覚えがない。日付をみると、そのとき私は25歳。つたない作品だが以下に転記してみよう。

（テクスト）

そとがわに飢えてか
ぼくのうちがわのありようは
はみでてゆくこと
全身の肌理を脱ぎ
さながら生誕のさきへあとへ
眼の奥の奥から

とろとろの水のように
陽泥井戸のように
はみでてゆく
ただひたすらはみでてゆくこと
するとそのうちがわの
練りに練られた自己史なんか
ひどくめくれて
けれどそのさらにうちがわから
ふちのない白壁
崩れやまぬ藻の筆跡があらわれ
あたら巻きとられてゆく
フィルム状の曇天や経典や草食動物ら
だからはみでてゆく
そのそばから
うちがわはもううちがわではなく
すこしずつそとがわ
ああ性の目覚めの記憶はもうそとがわ

ああ記憶のみなもとの
ねじくれた樹はもうそとがわ
きのうのうちがわの闇は
ほそいほそい雨条らをくわえこんで
ぼくのうしろに
もうそとがわ
女のふとももののように肉づき
古代遺跡のように静まりかえって
ところどころへばりついた蠅の死骸
劇画のヒーローのちりぢりのアクションら
いわばうちがわは
そとがわのネガ
と書いてもはみでてゆく
髄も涙もはみでてゆく
いわばはみでてゆくことしか知らない
ぼくのうちがわぼくのうちがわ
だがそのさきの

ほんとうのそとがわが待ち伏せしているとしたら
あやうくしかし
陽のいきいきの極致のあたりに
あのゆび状の
つねにあいまいな

（私は52歳）

転記にあたって「ヒドロイド」を「陽泥井戸」にあらためた。というか、あやまって変換キーを押しつづけたら、そのように漢字変換されてしまったのである。また、「劇画のヒーロー」とは誰のことだったのだろう、いまとなってはもう思い出せない。さてその後、ほんとうに「ほんとうのそとがわ」に「待ち伏せ」されて、いま私は52歳。週に二日、フィットネスクラブに通い、すでにして脱ぐにも値しない「全身の肌理」を、熱いサウナの小部屋にさらしている。

説話論

世界とはかくあることの全体である
ヴィトゲンシュタイン

ある男がいて
若くしてガンで死んだ恋人からの
代行業者を介して届く
百年百通の未来の手紙を待っているのだし
そのかたわらで
死に場所をもとめ
インド洋のリゾートをさまよう男が
わけもなくゆきずりの女と寝てしまうのだし
そのかたわらで

一見ごくふつうの高校生数人が
クラスの仲間や教師たちを
マシンガンやらなにやらでやたら殺しまくり
学園を鉄臭い血の海にしてしまうのだし
そのかたわらで
夜間道路工事のバイトと
カサノヴァ風恋愛に明け暮れる若い男が
社会に収まりたくない抵抗の肉のリズムを刻んでいるのだし
そのかたわらで
別の若い男がなぜか突然サラリーマンをやめ
橋の下をまるで棺桶のようにしつらえて
ベケットの小説の主人公のように
そこで暮らし始めるのだし
こうして世界は
何が起こっているのだろう
と問うてはならず
いましも振り下ろされようとしている斧の下の

息詰まるような静寂よ人よ

またある女がいて
三十を越えていまだに処女
かもしれない変わり者の姉として
同居の弟の想像力を育んでいるのだし
そのかたわらで
夫に逃げられた女と
男に逃げられた女優とが
自転車二人乗りを果たして風を切るのだし
そのかたわらで
殺人事件の当事者かもしれない男女四人が
しだいに名前を奪われ属性を奪われ
ただの婦人と男と女と婚約者
となってきりもなく独白をリレーしてゆくのだし
そのかたわらで
甥の求愛を逃れるように

北関東の温泉地へと流れ着いた女がしかし
追ってきた甥と腰が抜けるほどセックスを堪能するのだし
そのかたわらで
拒食症を病む若い女が
部屋に虹色の糸を張りめぐらして
繭のようにみずからそれに囚われてゆくのだし
こうして世界は
彼ら彼女たちの事情など知ったことか
とまで荒々しく
いましも振り下ろされようとしている斧の下の
微動だにしない草よ空気よ

生涯考

永劫の水へ急ぐ
水の永劫へ急ぐ
べつに急ぐ必要はないのだけれど
急ぐ

わたくしたちは水と
うまく親和できるだろうか

人の生をねじ上げながら
上へと伸びてゆくジム
その最上階のあたりに永劫の水はあるらしく
もしくは水の永劫

べつに急ぐ必要はないのだけれど
受付よりも早く
脱衣はもう始まっていた

途中
二階では若い肉が
汗や涙や雑言などを飛び散らせ
骨がホッ
螺旋がホッ
三階から四階への
すでにぬるぬるした階段では
永劫の水から降りてきたと思われる老いた肉が
やや滴をしたたらせ
それをみてわたくしたちは
もうすぐだ
と筋肉をあらたにした

そうして最上階に
達した

まずシャワーを浴び
股のあたりの汚れを落としながら
ただ歳月を経ただけの
恐ろしい皮膚にならなければならない
わたくしたちはわたくしとなった
それからゆっくりと
永劫の水に
身をひたしてゆく
おおそれはわたくしから
おおこれはいつかひたった水
という記憶の脂が溶け出して水の永劫に浮く透く浮く
かのよう

抑制がとれて

わたくしは大声で叫んでいた

永劫の水は水から
できていない
たくさんの老いたひとの皮膚
ひとの顔ひとの死後
そよぐ母の手
尿崩
肺胞のきらら
からできている積み上がっている厚い厚い水の永劫
水の
柩

そこから出てわたくしは
琥珀のような水滴をしたたらせた

エロス考

愛は驚愕
であり不安であり
歓喜である崇拝と冒瀆
幼い会話と高等な沈黙
愛は谺する笑いであり
痙攣する晴れやかさであり炎
への執着曙への渇望
そして私ごときの放棄である
そう意味の探求意味の解消
詩と死との等価物愛は
みだらな扉をへだてての対話であり
息と息との結び目に隠れ込む誰か

誰でもない者の一片のいのちである
いのちちからあるいは臍あるいは
蔓あるいは樹液立ち騒ぐ
潮でありまた潮が引いていったあとの
岩礁のきつい輪郭きつい匂い
そそり立つ陰茎であり陰茎のように
束ねられた祈念渋谷は円山町あたり
に始まって呼吸筋肉の動き
ミトコンドリアの踊り頰ずり突き立て
咬傷そしてさぐりあてられた花冠無言の
ままの誓い無言のままの疑念きみが
あらわれるきみが消えるあるときは驟雨を経て
あるときは雪に閉ざされあるときは
鳩の糞の夥しい波止場で迷走追認
不意の巴旦杏愛はまた幼時の絶えざる回帰
であり虚無を蔽うけんめいな遊びである
そう回天私たちの雌雄性の

世界への切ないアナロジー私が
上になりきみが下になってきみが
上になり私が下になって官能にゆがむ
きみの美しい顔の上に徐々に
析出されてゆくもの旅発とう
とする千の蜜蜂のようなもの私をあやうく
せよ花嫁を地勢の赤ん坊にせよ
腿をつたう体液崩れてゆく砂の舟
所有非所有隠蔽非隠蔽坂の上のきぬぎぬ
角のむこうの偶然愛は独身者の
シーツの上の幻想であり久美泥に残るいにしえの
聖事の痕跡である純粋な桃色であり
不純なさみどり選良のパンであり同時に
呪われた食物バタイユについて知っている
二三の事柄呼ぶと呼ばれるので呼び
かえし呼ばれると呼ぶので呼び返され収穫期
の斜面青にくまどられた麦の穂のような

典礼の連なり笑いふたたび笑い狂気
恍惚覚醒啓示悪魔払い豊饒な畏怖不毛な有頂天
愛はもう統覚の一歩さきであり父祖伝来の
火のたわごとでありたとえばこの
無意味なうえにも無意味な記述
溶けたバターのような夢の裏反復の
反復私がきみと絡み合って誰
でもない者になる誰でもない
者が私と絡み合ってきみになるきみが
誰でもない者と絡み合って
私になる破れそうで破れない
だが破られようとするその
間その膜その力学その
成就いついいつ
うわの空

タナトス考

風の道がひらかれていた
地の果てまでもまっすぐに
かつては王家のものだったという
長い長い塀がつづいていて
春だというのに
さえぎるものは何もない
それで風が吹き抜けるのだという
旅人である私は
道の真ん中に立って
はるか目路の彼方へと臨んでいた
追い風がやってきたら
一緒に駆け抜けるつもりなのだ

そうすれば途方もない移動
あるいは幸福がもたらされるだろう
けれども全長は測りしれない
とそのとき
背後から
不思議にスローに
サッカーボールの市松が
小惑星のように私の頭上を越えてゆき
それから子供たちの素足
垂れ耳の犬
ブーメラン
などがつづいて
やはり不思議にスローに
私の頭上を越えていった

あれは何？
まぼろしのような出来事だった

見送りつつ
風だけがまだやってこないので
臨むひとのまま私は
ここで歳をとってしまうのだろうか
それもありえたことだろう

風の道がひらかれていた
私はゆっくりと歩き始めた
長い長い塀に沿って
あんなふうに
ボールを追ったこともあったな
と私みずからの少年の日を思い出しながら
けれども全長は測りしれない
とそのとき
はるか目路の彼方から
一気に向かい風が
砂まじりに吹き抜けてきて

それからブーメラン
垂れ耳の犬
子供たちの素足
などが猛スピードで戻ってきた
私は腕をかざしてよけようとしたが
もう遅い
ブーメランの擦過に
喉を切り裂かれていた
最後に戻ってきたサッカーボールの市松に
私の血しぶきがすこし噴霧され
きれい

クロノス考

いま何時?
私はサンフランシスコのホテルにいて
明日は午前の便で帰国だというのに
深夜から未明へと
不眠の梁が渡されてゆく

いま何時?
そう訊かれて
昔の南京の少年は
猫の眼を覗き込んだ　なぜなら
そこには時が刻まれている　眼のなかの
漏刻?　猫の

冷淡な眼のなかの？
猫はやがて死ぬ
飼い主にとってはその喪の悲しみ
だが　アメリカではついに
クローン猫が売り出されたという
名づけて
リトルニッキー
昨年17歳で死んだニッキーのＤＮＡから
それはつくられたという　そう
よみがえった愛猫？

（ありがとう　リトルニッキー
きみのおかげで喪の悲しみは消える
そしておめでとう　リトルニッキー
両親のセックスから生まれたわけじゃないから
きみはもう原罪を免れている）

だが　その眼のなかでも
時は刻まれているのだろうか
私はそうは思わない
そしてクローン私を
私は望まない　もし
再生があるとしても
それはたとえば
1951年　私の生まれた年
サンフランシスコ講和条約が結ばれた年
に向かって
不眠の梁を撓めること
そしてその梁が
すき間なく　黒く塗りつぶされること
黒のうえにも黒く
塗りつぶされること
1995年　私は愛した

黒く塗りつぶされる
1982年　私は愛した
黒く塗りつぶされる
1972年　私は愛した
黒く塗りつぶされる
であれば　おお私がそこから生まれ変わりなどはしないだろう
そうではなく
私とは全くべつの何かが
そこから飛び立つのだ
黒のうえにも黒く
朝焼けの空を背の
鳩の飛翔のシルエットさながら

極楽考

光さんさんの銚子駅の近くの
ファストフード店の前の歩道に
すっげえ可愛い女子高生がヤンキー座りしてて
スカートの中がいまにもみえそうで通りがかった私は
気になって気になって仕方なくでも電車に乗って東京
帰らないといけないし眼だけ残してあとの私自身は
駅の方に歩きつづけたのだが「おいおいちんぽこぐらい
一緒に残していってくれよ」と眼は言いたそうでその
眼の報告だから眉唾だが眼はしばらく少女の膝のあたりに
浮遊して中を覗く機会を窺っているうち一瞬ぱっと少女の
股が開いてヤッターとばかりに飛び込むと罠だったのか
たちまち両の太腿に挟まれてぎゃっとあげるべき叫びも

口がないからできず窒息もできずただただ数秒後のおそらくは
生卵のようにぐしゃっと潰れてしまうであろう自分の運命を
イメージしていると「ばかだよあんた」と少女は
そんな眼をつまんでパンツの中に導き入れてくれたのだそうだ
毛がちょっとちくちくするけれどうれしいありがたいで眼は
涙まで流してただ銚子は海の近くだからかやたらと生臭く
別の眼なんかもいてお互い照れくさいねとか思いながら
左右から濡れた大きな唇が向き合ったような入口で
拝観料まで払わされて変だとは思ったが「真っ暗だから
注意して」と案内のお兄さん「極楽ツアーへようこそ
極楽までしばらくは真っ暗だけど右手やや上ぐらいの見当で
壁を手探りしてすすんでみて仏の手みたいなのに触れるから
そしたらユリイカって叫ぶこと」「眼だから叫べないと
思うけど」「いや叫べます叫んだら極楽行きまちがいなし
ですよさあさあトライトライ」言われるままに
狭くてなまあたたかい通路をすすみ右手やや上方の壁に
仏の手のようなものを探したがもちろん真っ暗で何もみえず

おまけにシボシボした突起とかウネウネした襞の感触が
壁いちめんから伝わってきてこれじゃあ仮に仏の手に
触れたとしてもそれをどうやって仏の手だと
同定したらいいんだよ皆目わからないので「じゃもう一度」
と戻りかけたら「痛っ」別の眼と鉢合わせで「すいません」
「どういたしまして」「仏の手みつかりましたか」
「いやまだ」「ねえ触れたことにしちゃいませんか」
「いやそれはでも」「いいんですよだれも見てないし」
とまあそんなわけでなんとなく触れたことにしてユリイカって
叫びまたしばらくすすむと不意に明るくなり視界がひらけて
「へっこれが極楽かよ」みたところいやどうみたって水族館だぜ
たくさん魚が泳いでいるしアジだろイシダイだろ
ハンテンザメだろおいおいウミガメまでいるよって
あきれているうちあれれ眼もいつのまにか水族館の中しかも
スーイスイ眼らしくもなく泳げていてそういえば眼って
正面からみると魚の形だよなあ楽しいことは楽しく時の経つのも
忘れてしまいそうになりおっといけない本体の私が幕張新都心

過ぎたらもう私の眼窩に戻れなくなるってまさかでもそんな
ガセネタに振り回されあわてて出口を探したけれど水族館いや
極楽に出口なんてあるだろうかだってそうだろ極楽それ自体が
最終出口以外の何ものでもなくそれにさらに出口があったら
それこそ語義矛盾ではないか金返せの世界ではないか
どうしようどうしようああ仏の手よ我を救いたまえ
それからどこをどう通って極楽を脱することができたのか
「極楽?·でもそれっておまえ竜宮城だろ」と千葉駅あたりで
居眠りから醒めた私がおりしもそのとき私に戻ってきた眼を
冷やかすと眼は何も答えずもとの私の眼窩に無事
収まったのはいいがその日からなのだ
私はまるで十年ひとっ飛びみたく
一気に老眼となってしまった

転生考

はこべはこべ
夏と花火と私の死体と

夏は花火だ
どーんと夜空に打ち上がる花火は
しかしどこか切ない
しかしそれ以上に切ないのは
花火の夜に殺されてしまった私

はこべはこべ
夏と花火と私の死体と

私を殺したのは私の友人
殺すには殺すなりの理由があったのだろう
だがそのあとがたいへん
死体というのはどうにも始末に困るらしいのだ
硬直と異臭と
それにあの顔がたまらないという
窓の外では花火がどーん
またどーんと
そのつど稲妻のように
眼を開けたままの私の顔を照らし出す

はこべはこべ
夏と花火と私の死体と

私の友人は
その恋人（私の恋人でもあったわけだが）の協力を得て
私の死体を車のトランクに入れ

夜の闇のなかを出発する
さてどこに捨てようか
思案するあいだにも
今度は仕掛け花火が爆ぜ
ややあって
流れ落ちる光の雫が
人々の長い人生の思い出へと移動を開始する

はこべはこべ
夏と花火と私の死体と

私は殺されてしまったけれど
それは仕方ない
問題はこれからだ
まちがっても私は生まれ変わって
また愛欲の苦みを醸し出したくはない
私の友人よ私の恋人よ

ほらそんなところに捨てたら
人にみつかってしまう（私は寂しくて転生してしまうよ）
ほらそんなところに捨てたら
犬にみつかってしまう（私は悲しくて輪廻してしまうよ）
というわけで彼らは
何度も私の捨て場所を変えてさまよう

はこべはこべ
夏と花火と私の死体と

遠くできるかぎり遠く
もうそれらが
過去になんか帰りませんように
未来になんか生じませんように

＊乙一著『夏と花火と私の死体』（集英社文庫）を参考にしました。

世界考

ときおりは世界について
考えてみる
でもまあそんなに深刻に考える必要はなくて
たとえばさざえ堂
そうそれはさざえ堂と呼ばれる
とかね
六角三重の
れっきとした塔で
少し朽ちかけてはいるけれど
大丈夫崩れることは
ない
入ってみると

右斜め上方へ上方へと
通路がゆるやかな傾斜をなしてつづいていて
辿ってゆくと
そうだこれは螺旋なのだとわかる
わかると
まるで自分までもがぐるぐるとねじ巻き状に
絞り上げられてゆくみたいで
頂ではどんな眩暈に
待たれていることだろう
と思ううち
いつのまにか通路は
右斜め下方へ下方へと
傾斜の向きを変え
まるでさきほどまでのねじ巻き状に絞り上げられた自分が
今度はゆるゆると解かれてゆくみたいに
下りて下りて
裏口に出てしまう

あれ
と思うが
これが世界というものなのだろう
うそではない
公式ホームページまであって
www.sazae.com だ

またたとえば供養ぐるま
そうそれは供養ぐるまと呼ばれる
とかね
というのも
さざえ堂のとなりに井戸があり
井戸のうえに夢を喰う獏が乗っていて
その獏を敷くようにして
石の台座があり
台座のうえに
大きな真鍮の車輪がはめ込まれているからだ

それをまわすと
軋む音
私たちの悲痛な叫びにも似た
軋む音が出て
地下の死者たちにまで届き彼らを慰めるのだという
まさか
と思うが
これが世界というものなのだろう
空がにわかにかき曇り
私の胡桃も
にわかに重くなる感じなので
さざえ堂でめぐりあった妙齢の女を誘って
このさき行き止まり
の杉木立のなかに入ってゆく

散文考

そのとき私は
すべてを記憶した
記憶しなければならぬと思った

なぜそう思ったのかはよくわからないけれど
冬の夜だった
都心から西へ伸びる街道を
車でひたすらすすみ
危篤の母のもとへと急いでいた
ところが途中で工事渋滞に巻き込まれて
思わぬ時間を食ってしまった
ようやく渋滞を脱して

電波塔
先端に紫の照明灯を戴いて
それが妖しく夜空を彩る電波塔の下まで来たとき
不意に携帯が鳴り
私は車を路肩に停めて
母の臨終を伝える親族の声を聴いた
そのとき
大型のタンクローリーが
私の車の脇を通り抜けていったこと
街道の右の
煌煌と明るいコンビニエンスストアには
雑誌類を読む人がまばらにいて
蠅の頭のようにみえたこと
街道の左の
ゴルフ練習場はすでに閉まり
芝生に散らばるゴルフボールが
闇に浮かぶ水銀の粒か何かのようにみえたこと

それらすべてを私は記憶した
記憶しなければならぬと思った

それはいわば
私が臍帯の残滓を失って
決定的にこの世へと
いや宇宙へと放り出された瞬間なのだ
いわば私の
二度目の生誕の瞬間
そんな私を置き去りにするように
追い越してゆく冷凍車
つぎにスポーツカー
つぎにまた冷凍車
私はふと自分の古い詩句を思い出していた
錆と苔が行く
霊のぬけがけが行く
またオルガスムス屋が行く

フロントグリルから見上げれば
わずかながら空にまたたく星
そして何よりも電波塔
電波塔だった
その先端の
なぜかいちだんと明るさを増しながら
かっと私を見下ろしているような紫の照明灯
明日の安寧を不吉に
あるいは優しく明日の不穏を
告げているような照明灯
紫の異様に紫の
それを私は記憶した
記憶しなければならぬと思った

酒精讃

酒精はめぐる
汚れた地球のうえ
せめて酒精はめぐる
こんなおまえたちの生なんて
立ち去るにも値しない
とかつぶやきつつ
メキシコはハリスコ州
テキーラの材料アガペ（竜舌蘭）は
巨大なアロエのような植物で
その刈り入れは夜明けとともに始まり
正午までの重労働
そのアガペ汁を発酵させ蒸留し

熟成させたのがテキーラ
テキーラとは「仕事の場所」という意味だ
そこではたぶん
交叉しあう筋肉の暗がりを
陶酔が音符のように飛び交っているだろう
酒精はめぐる
フランスはボジョレー地方
秋には4万人もの若者が集まり
歌をうたいながら手でぶどうの実を摘み取る
雇い主の農家が大食堂でふるまう自慢の
ブッフ・ブールギニヨン（牛すね肉の赤ワイン煮）が
午後の活力になるのだ
酒精はめぐる
19世紀初頭のスコットランド
厳しい税金を課せられたウイスキー蒸留業者は
山間での密造を始めたが
野山に埋まっていたピートを燃やして麦芽を乾燥させ

ウィスキーはシェリーの樽に隠した
この偶然が無色の蒸留酒を
琥珀色のスコッチに変身させたのだ
たしかにあの液体
舌にころがすと
琥珀に封じ込められた太古の野生が
溶けひろがってゆくようだ
なおも酒精はめぐる
チリはサンティアゴの中央市場食堂では
朝5時から10時まで飲酒が禁じられているが
人々は白ワインをティーカップに注ぎ
「冷たいお茶」として飲む
酒精はめぐる
めぐりにめぐり
ふたたびスコットランド
アイラ島の漁師たちは
採れたてのカキにウイスキーをたらし

きゅっと引き締まった身をほおばるという
太古の野生が海の乳に
混じり合う瞬間だ
そして今宵
私たちにも
酒精はめぐる
こんなおまえたちの生なんて
立ち去るにも値しない
とかつぶやきつつ
酒精はめぐる
私がカラスミをすこし炙ったところへ
女が熱燗を素手で運び
もちろんそのとき
女はとっさに耳朶で指を冷やす
のを忘れない

宇宙讃

というのは
はじめに混沌があったらしい
というのは
混沌は光で
できているから
というのは
私の脳の奥の奥の
そのまたずっと奥に蔵われている
なつかしい田舎の家の
春たけた頃の裏庭には
ツツジが咲き
夜になっても

まだ光が渦巻いているのだ
というのは
ゴッホもその晩年
夜空を青く塗りたくり
そこにさらに青く渦巻きを描いたりした
もちろんそれは狂おしい
というのは
私はその裏庭でたくさんのなつかしいひとたちに
会えるかもしれないのに
どうしてもそこに
辿り着くことができない
というのは
今朝の新聞で
宇宙でもっとも大きな爆発
ガンマ線バースト
を捉えた
とあったから

およそ128億光年もの彼方で
というのは
およそ128億年も前の
宇宙が誕生してまだ
9億年ぐらいしか経っていない頃のこと
その明るさは
太陽の一兆倍のさらに10億倍の
ガンマ線バースト
というのは
遠い果実
わたしたちの夢も
みずからの膨張に耐えきれず破裂して粉々に砕けるか
静かに縮んで干からびるか
春たけた頃の裏庭には
夜になっても
まだ光が渦巻いている
というのは

どうしてもそこに
辿り着くことができないのだ
宇宙の果て
脳の奥
ああうるわしい距離
お母さんの
割れ目さようなら
というのは
はじめに混沌があったらしい
というのは
混沌は光で
できているから

生命讃

キリンの赤ちゃんは
2メートルもの高さのお母さんから産み落とされるため
怪我することも多いという
キリンにかぎらない
生まれるとは
何かしら出会い頭の事故のようなものだ

存在の鳥肌
存在の鳥肌

ぼくもそうだった
泣きわめいているとお母さんがやってきて

ミルクとことばを与えられた
どちらもぬるっとするので吐き出す
するとお母さんは
学校というところにぼくを連れて行ってくれた

存在の鳥肌
存在の鳥肌

やがて股間が重たく感じられるようになったので
保健室に行って
女医の香織先生にみてもらうと
ぼくの股間にぼくと同じ無数の微細な人間たちがいて
はちきれんばかりなのだという

存在の鳥肌
存在の鳥肌

ぼくはまた泣いた
でもうお母さんは来てくれない
ぼくはひとりでぼくのなかの無数の人間たちとたたかった
たたかっているうちに
いつのまにか年老いてしまったらしい
ぼくのなかの人間たちはだいぶ減ったが
われとわが身を眺めて
手指足指合わせて20本もあるということは
まだ常軌を逸しているような気がして
ばらまきたくなった

存在の鳥肌
存在の鳥肌

いまは秋
空気はおだやかに澄んで
ぼくという泣き虫をまるく包もうとしている

とりどりの黄や赤の葉っぱをそえて
人生は永遠よりも一日だけ短い
そんな気もしてくる
そのときだ
裏山ほどもあるひとりの大きな子供が
私を包む小さなまるい秋に気づき
サッカーボールのようにそれを蹴り上げようと
近づいてくる

存在の鳥肌
存在の鳥肌

ラストソング

ただの息だ
わたくしは

はずんだり
切れたり
することはあってもわたくし
しずんだり
蹴られたりはしない

たとえば帰路を／急いでいた
そのためには道を／はずむ息で／右に
折れなければならないのに／なぜか身は左へ

左へと逸れてしまう／道のへりの
斜面には重患のひとの／あるいは十字架のうえの
キリストのような肢体が風に晒されて
腐食し風化し／ぼろぼろになってゆく
そのプロセスがつぎつぎに展開するので
じっさい／息を呑むほどだ
それから半ばスラム化した郊外の住宅地に入って
荒れ果てた小学校がみえてきた／その校庭を
今度こそ右に／抜けようとするが
身はまた左へ／逸れてしまう

息はまた
その下に何かしら手斧や虫や
卑語らをひそませ

ただのわたくしだ

息は

あとがき

十四冊目の単行本詩集、ということになります。

雑誌「俳壇」に一年間（二〇〇五年一月～十二月）にわたって連載した詩十二篇をもとに、さらに九篇を加え、計二十一篇。多すぎず少なすぎず、といったところでしょうか。

これまで私は、いわゆる難解な詩の書き手のひとりとみなされてきたようです。べつに異論はありません。もともと詩とは難解なものだと考えていますから。でも、そういうイメージだけで見られるのも少し癪というか、たまには広く読者にひらかれた詩も書ける詩人でありたい。そう思っていたところへ、連載の依頼が飛び込んできたのです。現代詩プロパー以外の読者も読めるような、そんなにむずかしくなくて面白いものを、という注文でした。渡りに船とばかりに私は、リラックスして、まずみずからが詩作を楽しむ気持ちで書き継いでいきました。その結果が、この二十一篇というわけです。

いかがでしょうか。少しはお楽しみいただけたでしょうか。そしてこの詩集の言葉たちが、「論」から「考」へ、「考」から「讃」へと、しだいに言述の階梯をのぼりつめて、最後には宇宙の闇と生命の輝きと、その双方のなかに消えてゆくさまを確認していただけるなら、書き手としてそれにまさる喜びはありません。

本阿弥書店編集部のみなさん、とりわけ雑誌連載時にお世話になった黒部隆洋さん、書籍化にあたっていろいろと労を取っていただいた田中利夫さん、ありがとうございました。また、私の仕事をこうしたかたちで、世に送り出してくださる本阿弥書店代表の本阿弥秀雄さんには、お礼の言葉もありません。

最後に、私事ながら、この詩集を、ちょうど連載時に旅立った亡き母の霊に捧げます。

二〇〇七年七月

野村喜和夫

著者略歴

野村喜和夫（のむら・きわお）

一九五一年　埼玉県生まれ。

戦後世代を代表する詩人の一人として現代詩の先端を走りつづけるとともに、批評、翻訳、朗読パフォーマンスなども行う。

その詩は英語、フランス語など世界数カ国語に翻訳紹介されている。

詩集に『川萎え』『反復彷徨』『特性のない陽のもとに』（歴程新鋭賞）『現代詩文庫・野村喜和夫詩集』『風の配分』（高見順賞）『ニューインスピレーション』（現代詩花椿賞）『街の衣のいちまい下の虹は蛇だ』『スペクタクル』『稲妻狩』など十四冊。

評論に『ランボー・横断する詩学』『散文センター』『21世紀ポエジー計画』『金子光晴を読もう』『現代詩作マニュアル』。

翻訳に『海外詩文庫・ヴェルレーヌ詩集』、CD『UTUTU／独歩住居跡の方へ』などがある。

平成十九年十月二十日　初版発行
著　者——野村喜和夫
発行者——本阿弥秀雄
定　価——本体二五〇〇円（税別）
印刷・製本——三省堂印刷

詩集
plan《プラン》 14

発行所——本阿弥《ほんあみ》書店
東京都千代田区猿楽町二—一—八　三恵ビル
〒一〇一—〇〇六四
電話　〇三—三二九四—七〇六八
振替　〇〇一〇〇—五—一六四四三〇

ISBN978-4-7768-0409-3